ESTE LIBRO
PERTENECE A:

Para Marta y su mamá, por aquel martes
en Murcia que ellas hicieron mágico
BEGOÑA ORO

Papel certificado por el Forest Stewardship Council®

Primera edición: marzo de 2024

© 2024, Begoña Oro
© 2024, Penguin Random House Grupo Editorial, S. A. U.
Travessera de Gràcia, 47-49. 08021 Barcelona
© 2024, Keila Elm, por las ilustraciones

Printed in Spain – Impreso en España

ISBN: 978-84-488-6799-7
Depósito legal: B-550-2024

Compuesto por Keila Elm
Impreso en Talleres Gráficos Soler S.A
Esplugues de Llobregat (Barcelona)

BE 67997

El DRAGÓN de las LETRAS

UNA MARMOTA MUY DORMILONA

AQUÍ HAY UN
DRAGÓN...

PERO ¡NO ES UN DRAGÓN CUALQUIERA!
ES EL DRAGÓN RAMÓN Y ES ESPECIAL PORQUE...

¡ES EL DRAGÓN DE LAS LETRAS!

RAMÓN ES UN CACHORRO DE DRAGÓN
Y TIENE TODO LO QUE UN DRAGÓN
SUELE TENER:

ALAS DE DRAGÓN

ESCAMAS
DE DRAGÓN

COLA DE
DRAGÓN

FAUCES DE
DRAGÓN

PATITAS
DE DRAGÓN

PERO HAY ALGO QUE HACE A **RAMÓN**
DISTINTO A LOS DEMÁS DRAGONES:
NO ES CAPAZ DE ECHAR FUEGO POR LA BOCA.

¡PARECE UN DRAMÓN!
PERO NO LO ES.

CADA VEZ QUE RAMÓN INTENTA ESCUPIR FUEGO, EN VEZ
DE FUEGO, ECHA UNA LETRA. ¡Y CON LAS LETRAS SE PUEDEN
VIVIR UN MONTÓN DE AVENTURAS Y RESOLVER TODO TIPO
DE PROBLEMAS!

TODO EL MUNDO LO SABE, Y AHORA, CUANDO ALGUIEN
TIENE UN PROBLEMA, LLAMA AL **DRAGÓN DE LAS LETRAS**.
Y LO MEJOR ES QUE RAMÓN SIEMPRE SIEMPRE
ACUDE AL RESCATE.

LO QUE NADIE SABE, NI SIQUIERA EL PROPIO **RAMÓN**,
ES QUÉ LETRA SALDRÁ.
(PASA LA PÁGINA Y LO AVERIGUARÁS).

MIMI, LA MARMOTA, ES MUY DORMILONA.

DORMIDA EN SU CAMA,
NO OYE LA ALARMA.

RAMÓN VUELA AL RESCATE.

¿QUÉ LETRA SALDRÁ DE SUS FAUCES?

¡UNA **M**!

MI**M**I APENAS VE LA **M**.
ESTÁ **M**EDIO DOR**M**IDA.

—¡ES PARA OÍR **M**EJOR!
SE PONE ASÍ. ¡**M**IRA!

MIMI NO **M**IRA NADA.
DUER**M**E BAJO LA **M**ANTA.

SUENA LA ALAR**M**A...
OH, OH. CO**M**O SI NADA.

VUELA LA **M**OSCA.

¡MIMI!

—LA LLA**M**A.

LA **M**AR**M**OTA DUER**M**E.
CO**M**O SI NADA.

MUGE LA VACA
CON **M**ANCHAS **M**ORADAS.

MIM**I** NO VE NADA.

YA ES **M**EDIA **M**AÑANA.
HAY SOL EN LA **M**ONTAÑA.

¡UN DÍA **M**ARAVILLOSO
PARA JUGAR!
PERO ¿QUÉ HACE **MIM**I?
DOR**M**IR Y CALLAR.

¡YA LO SÉ!

RA**M**ÓN SACA DE LA **M**OCHILA UNA **M**ANZANA.

¡ÑAM!

LUEGO RAMÓN
SOPLA Y SALE...

UNA ENOR**M**E **M**
CON ARO**M**A DE **M**ANZANA.

ES UNA ALAR**M**A
MUY **M**EJORADA.

LA **M**AR**M**OTA DUER**M**E Y DUER**M**E...

ES SU TRIPA.
HACE RUIDO.

Y **MIMI**,
CON ESTA **M**,
POR FIN LO
HA OÍDO.

MIMI, LA MARMOTA,
AL FIN SE DESPERTÓ.

BUENOS DÍAS,
DORMILONA

—DICE SU AMIGO
RAMÓN.

—¿TE DESPERTÓ EL RUIDO?
—ESO...
¡Y UN HAMBRE FEROZ!

LA **MAR**M**OTA MIMI** COME UN **M**ONTÓN:

MIEL, **M**ANZANAS, **M**ACARRONES, **M**ANGOS, **M**ORAS Y UN **M**ELÓN.

EL HAMBRE ES SIN DUDA
EL **M**EJOR DESPERTADOR.

Y, AHORA QUE
HA CO**M**IDO, LLEGÓ...
¡EL **MOM**ENTO DE
LA DIVERSIÓN!

¡OH, NO! ¡MIMI HA VUELTO A QUEDARSE DORMIDA! **DIBÚJALE UNAS OREJITAS** CON UNA **M** PARA QUE OIGA SU ALARMA.

LA **MALETA** DE LA **M**

EN ESTA MALETA SOLO PUEDES METER COSAS
QUE EMPIECEN POR **M**. SEÑÁLALAS.

M M

LA MARMOTA MIMI SE HA PUESTO DOS **M** EN
LA CABEZA Y AHORA SOLO OYE PALABRAS QUE
TENGAN DOS **M**. BÚSCALAS.

RAMA   MAMÁ   MININO
MOMIA   MIMAR   MAÑANA
MANO   MERMELADA   MESA

¿TE ATREVES A INVENTAR UNA
HISTORIA USANDO TODAS LAS
PALABRAS QUE HAS
ENCONTRADO?

EN EL **ARMARIO** DE MIMI

TACHA LAS SÍLABAS DEL NOMBRE DE MIMI. CON LAS SÍLABAS QUE QUEDAN, PODRÁS FORMAR DOS PALABRAS Y DESCUBRIR CUÁLES SON LAS PRENDAS FAVORITAS DE MIMI.

UNA M RECORTABLE

¿TE ANIMAS A HACER ESTA MANUALIDAD CON RAMÓN?

¡RECORTA LA M Y PÍNTALA CON TUS COLORES FAVORITOS!